風守詩集

希望の詩魂

コールサック社

風守 詩集 希望の詩魂

目次

Ⅰ章　白い文字

白い文字　10
私はいるのか　14
カウントダウン　20
砂時計　25
コトバ　27
わたし一人だけ　31
孤独考　36
真夜中の思考　40
ノン　ユークリディアン　ラブ（非ユークリッド的恋愛）　44
確率的人生　47
明日を信じて　51

Ⅱ章　ブラウンプラネット

ブラウンプラネット　56
わたしの銀河鉄道　59
天空の父　62
リターン・アース　66
マース・ノクターン　68
サンスポット　70
オリオン　72
時の割れ目　79
SPACE　ELEVATOR　83
ディア　サードプラネッツ　ユウ　87
愛讃歌　94

Ⅲ章　幻想ラジオ

廃墟に立つ少女　100
リアルブレイクスルー　104
風車とお地蔵さん　111
幻想ラジオ　114
ナイトメア　121
きれい　125
生き物たち　128
キャッツアイ　130
水槽の亀　132
OCTOPUS　135
愛・光子　139
森は囁く　143

Ⅳ章　知らない罪

スタートレス　148
叱るおじさん　152
消失点　154
通話優先　158
リアル・持続可能な開発目標　161
グラデーション　165
マリオネット・ストリングス　169
ロジカル・オーバーコート　174
クロスロード　177
知らない罪　184
波紋　191

解説　鈴木比佐雄　195
あとがき　204

詩集

希望の詩魂

Ⅰ章　白い文字

白い文字

私の学生時代
数学の試験の時に
同級生が解答用紙を白紙で出した
そいつは教師から怒られた
でも
そいつは教師にこう言った
「先生、俺は書いたよ
『白い文字』でね
『俺の人生に
方程式や三角関数は
全然必要ないよ』ってね」

先生はそいつが言う解答用紙に書かれた
『白い文字』が読めなかった
いやそいつの心の中が読めなかった
そいつと数学とが途方もなく
遠い距離にあるということを

今振り返ると
あの時教師は方程式や三角関数が
世界を解釈し創造するという
有力な人類の『白い文字』で
あることを告げるチャンスだった
この世界に無関係なものは
ないと暗示するべきだった
かも知れない

私たちは毎日
様々なことを思っている
思っているが
それらを
書いたり
口に出しているのは
ほんのごく一部であり
ほとんどは
心の中にしまっている
他の者には
それはわからない
白い紙に書かれた白い文字のように

白い紙に書かれた白い文字
そこには時として

書いた者の
心が張り裂けそうな深い悲しみが
どうしようもない孤独感や絶望感が
誰かに聞いてもらいたい切ない思いが
綿々と綴られている
それらを読み取るには
読み取ろうという強い意志や
共感力が必要となる
果たして
現代人は
白い紙に書かれた他者の
『白い文字』を
読み取れるだろうか

私はいるのか

私の眼下に校庭が見える
私は校舎の屋上にいる
屋上の端に立ち
人生の淵に佇む

私はなぜ産まれたのか
私は生きる価値はあるのか
私はこの世界にいなくていいのではないか
明るいあまりにも明るい昼間なのに
私の心は暗くひどく暗く
ブラックホールへと沈みゆく

同級生はみな私を無視し
仲の良かった友達も
いじめグループが怖くて
私に近づかず
先生も見て見ぬふり
私は一人
疎外の教室に一人きり

父と母は仕事で忙しく
私には勉強しなさいと言うだけで
私の変化に気付かない
私にまともに向き合わない
私は一人
孤独の部屋に一人きり

私の体はこの世界にあっても
私の心はこの世界にないのでは
私という者は既にこの世界にいないのでは
ここにいるのは私の抜け殻だけなのでは

ここから跳べば
私を誰も必要としていないこの世界から
おさらばできる
私はこの苦界から解き放たれる
私がいなくなっても誰も気にかけず
私がいなくなってもこの世界は変わらず
何事もなかったように続いていくに違いない

私はなぜ産まれたのか

私は生きる価値はあるのか
私はこの世界にいなくていいのではないか
繰り返される問いに答えは見つからない
私の心はボロボロでひどく疲れた
暗黒のベッドに身を横たえたい

体重を前に傾けかけたとき
不意に何かが目の前に現れ
私は驚き後ろ向きに倒れる

——蝶
一羽の白い蝶が
倒れた私の目の前を舞う

小さな蝶

ちっぽけな蝶
本当にちっちゃな蝶
でもそこに蝶はいる

蝶は私の眼前を舞い続ける
私は仰向けのまま右手をゆっくり上げる
蝶はそっと中指に止まる
白い羽を休め
蝶は私に体を預ける

蝶の脚はしっかりと私の指を捉えている
蝶は私を必要としている
そう私を必要としている

蝶はいつまでも私の指に止まり続ける

私はずっと蝶の止まった右手を上げ続ける
蝶は私を必要とし
私は蝶を必要とする
蝶はこの世界に私をつなぎ止める

澄み切った青空の下
私は右手を上げ続ける
私がこの世界にいることを感じるため
この世界にもう一度私を留めるため

カウントダウン

十

深夜のバス停に最終便が来る
扉が開くが乗客は誰も乗っていない
運転手は無言で扉を閉めバスは静かに発車する
窓に映る自分の青白き顔

九

昼下がりの教会で私はただ一人祈る
祭壇の上には茨冠のイエス
蠟燭は風もないのに揺らめく
天国に召されし家族と会える刻

八

風の強い朝の道に土埃は舞い目を突き刺す
激痛は脳髄を貫き過去に負った傷を突如呼び覚ます
心の奥にしまい込んだ
古傷は真っ赤な口を開けている

七

真夜中のコンビニ
バイトの若者はレジを打ちマニュアルどおりの礼を言う
私は無言で商品を受け取り店を出る
深い闇は茫々と続く

六

汗のしたたる炎天下

アスファルトにゆらめく陽炎は別れた君の形をなし私を誘う
その伸ばした細き腕に絡まれたし
その赤き唇に呑みこまれたし

五

朝靄の煙る神社の鳥居の上に鴉がとまる
一羽二羽三羽　黒い視線が私を射抜く
四羽五羽六羽　野太い鳴声が私を包む
七羽八羽九羽　逃げられない私を弄ぶ

四

街灯の切れた冬の夜道で千鳥足の私の前に現れたる少年たち
私は散々殴られ金を奪われ冷たい路面に倒れ込む
朦朧たる意識下で絞り出す声は虚空に消え入る
雪は私の傷ついた身体にガーゼの如く降り積もる

三

早朝の病院
若い看護士はカーテンを開けベッドに横たわる私の脈をとる
腕時計を見つめる十五秒間確かに私は生きている
でも次の十五秒間に私は生きているのだろうか

二

真昼の踏み切りで遮断機は下りたまま電車はなかなか来ない
約束の時間が迫り私は意を決して遮断機をくぐる
走る私の背後から誰かが危ないと叫ぶ
そんなことは分かっている　分かっているが行くしかないんだ

一

ふらつく足で私は歩き続ける

明日はあるのか踏みしめる大地はあるのか
前は霧に包まれてよく見えない
でも歩くしかない　最後の審判が下るまで　歩くしかない

砂時計

机上にある砂時計
ひっくり返して置く
上部の小さな砂粒が一直線に
底部へ落ちてゆく

人は生まれた時に
砂時計がスタートする
上部の砂粒はだんだんと少なくなり
底部に砂粒が徐々にたまっていく

人生の残り時間は減少していき

心の奥底に
それまで歩んだ歴史が積み重ねられていく

喜怒哀楽
様々な思い出が積み重なる
後悔があっても
もとには戻せない
砂時計をひっくり返して
人生を再スタートさせることはできない

最後の一粒が落ちた時
人生は幕を閉じる

砂粒の一つ一つが愛おしく
光を放つ

コトバ

コトバハコワイ
コワイハコトバ

「頑張れ」
頑張ってもらいたい人に
よく言ってしまう

が
言われた当人は
すでに頑張っているのに
これ以上頑張れと言うのかと思い

生きる気力さえなくす場合もある

よかれと思って発した言葉が
逆に相手を追い詰めてしまう

コトバハビミョウ
ビミョウハコトバ

「いいんじゃないの」
人に評価を求められた時
つい言ってしまう

いいことはいいんだが
もう少し何かが足りないと思う
だけど

それをうまく表現する言葉が
すぐには見つからない
また相手を傷つけたくはないという思いもある

が
それは本当に相手のためになるのだろうか

コトバハココロ
ココロハコトバ

「ありがとう」
この世で一番の感謝の言葉は
相手に自分の心が伝わる
至高の贈り物

が
言われた相手だけでなく
言った自分も幸せな気分にしてしまう
不思議な言葉

わたし一人だけ

暗い夜道を歩き
突然何かに躓く

視界が九十度回転する

刹那に意識が遠のく
気付いた時
冷たい路面に接するわたし

倒れたんだ
そう分かった途端

両手両足に激痛が走る

動けない
動かせない

周りに人はいない
わたし一人だけ
路面に俯せになったまま
わたし一人だけ

助けを呼ぼうとするが
声が出ない
痛みはだんだん強くなる

いけない

このままではいけない
立ち上がらなければ

だけど
動けない
動かない

誰も通らない道
わたし一人だけ
ただ一人だけ

わたしは二度と立てないのか
倒れたままなのか
わたしはわたしでなくなるのか

しばらくして
痛みは続いているが
手が動かせる
足も動かせそうだ

力を振り絞り
両手を踏ん張って
上体を起こす

立ち上がろうとする
両膝ががくがくする
それでも立ち上がる
なんとか立ち上がる

やっと立ち上がれた時

わたしはわたしに戻れた
両手は血だらけだが

孤独考

ひとりぼっち
おひとりさま
孤独死

孤独にはマイナスのイメージが多くまとわりつく
しかし
孤独とはそういうものなのだろうか

友達が多いと
寂しくはないかもしれないが
友達との交流に時間をかけねばならず

自分の好きなことにかけられる時間が削られる

ＳＮＳは友達との情報のやりとりに便利だが
相手からのメッセージの着信を
常に気にかけねばならず
気が休まらない

現代人は科学技術の発達によって
昔に比べて
掃除・洗濯・料理などの家事にかける時間が減り
他の事に時間をかけられる余裕が増えた
しかし
情報化社会の進展は
かえって人々を時間的に束縛するようになり
じっくりと物事を思考する時間的余裕を人々から奪った

ふと気が付くと
外で虫が鳴いている
私はパソコンから目をそらし
耳を澄ます
虫の奏でる
季節の移ろいを告げる自然のメッセージが
じんわりと
私の体に沁みわたってくる

夜中にひとりで聞く虫の音
不思議と寂しくはない
ただただ
自分が自然のいや宇宙の一部として
宇宙とつながっているのを感じる

ひとりであっても
ひとりではない
それが真の孤独

真夜中の思考

深夜にふと目を覚ます
あれだけ仕事で疲れていたはずなのに
様々な心配事の波が心に押し寄せてくる

もし大地震が来たら
もし戦争になったら
もし不治の病になったら

明日何が起こるのか
だれも一〇〇%確実に予測はできない
だれもが幾ばくかの不安を抱えている

不安がなくなることは永久にない
そうと分かっていても
それでも気にかかる

未来が分からないからいいのさ
という者もいるが
それは呑気すぎるのではないか
もし予兆をつかめたら
災いを避けることができるはずだ
そうすれば
これまで天災や人災で犠牲になった者は
災いを避けて生き延びられたはずだ

そうだ
予兆

災いの兆しをつかむのだ

でも
いったいどうやって?

わからない
いったいどうすればいいんだ?
第一確実な予兆などあるのか

わからない
どうすればいいんだ?

そうこうするうちに
夜が白々と明けてきた
ああまた

不確実な一日がやって来る
私はあやふやな一日に今日も踏み出す

ノン　ユークリディアン　ラブ
（非ユークリッド的恋愛）

わたしとあなたは平行線
どこまで行っても交わらない
こんなにもあなたを愛しているのに
あなたはわたしを見向きもしない
そう今までは
だけどこれからは違う
わたしは得意の数学と物理で時空を曲げることに成功した
曲がった空間では平行線は交わるのだ
わたしとあなたは偶然いや必然として出会い愛し合う
もうあと数分であなたと出合える
高鳴る胸の波動

あなたの姿が見えてきた
わたしは興奮をかろうじて抑え一歩を踏み出す
わたしは片手を上げ微笑む
あなたも片手を上げ微笑む
もうあなたはわたしのもの
わたしがさらに歩を進めた時
何者かがわたしを追い抜いた
その者があなたと出合い笑顔で話し出す
あなたは笑顔でその者と手をつなぎわたしの横を通り過ぎる
わたしは呆然とその場に立ち尽くす
やがてわたしの脳細胞が答えをはじき出す
わたしはあなたと出会えるように時空を曲げたが
あなたの世界線と交わるのはわたしの世界線だけではなかった
あの者の世界線もあなたと交わっていたのだ
私より早く……

今回は失敗したが絶対にあきらめない
いつかあなたにふさわしいのはわたしだけと認めさせてみせる
わたしとあなたの心の平行線を交わらせてみせる
きっときっときっと

確率的人生

量子力学の教えるところでは
電子などの素粒子は
その位置が波動関数により
確率的に表現される
私達の体を構成する物質の深奥においても
事象は同様に確率的であり
私達の人生自体も確率的である

どのような親の元に生まれてくるか
どの学校に入学するのか
どんな教師や友人に巡り合えるのか

どんな職業につくのか
愛する人といつどこで出会えるのか
すべてはあらかじめ決まってはおらず
確率的である

それどころか
明日も生きているかどうかもさえも
確率的である
しかし確率的であるからこそ
人生は夢があって
楽しくもある
決まった人生ほど
つまらないものはない

アインシュタインは

「神はサイコロをふらない」
と言ったが
私達は人生において常にサイコロを
ふって
または
ふらされている
もちろん自分の努力も必要であるが
人生は努力だけでは決まらない
そんなところが
悩ましくもあり
愉快でもある

さあ明日はどうなるか
私達は人生のサイコロをふり続ける
どんな目が出るかは

お楽しみ
人生を
楽しもう

明日を信じて

昔々あるところに
なにをやってもうまくいかない男がいました
でも男はいつもにこにこ陽気でした
試験に落ちた時は
「もう一度勉強すればいい」
恋人に振られた時は
「俺には合わない人だったんだ」
大病して長期間入院した時は
「これまでの人生を振り返るいい機会だ」
そう言いました
ある人が男に不思議そうに言いました

「あなたには不幸なことばかり続くけど、なぜ平気なんだい？」
男は笑って答えました
「全然平気じゃあないよ。俺はその度に落ち込んでる。ただね、
信じているのさ明日こそいいことがあるってことを」

「人の世はままならず」
この言葉を何度体験してきたことだろう
自分の人生をあれこれ思い描くが
思うようにならないことの方が多かった
よかれと思ってしたことが
反対の結果になったこともある
その都度凹み
奈落の底に叩きこまれた

「あーもうだめだ」

暗い奈落で身の不幸を嘆く
溜息は闇の中に消えてゆく
ふと奈落から見上げると
上に開いた小さな穴から
青い空が見える
白い雲が風に流れ
小鳥たちが囀り飛んでゆく
それらを見ていると
不思議に力が湧いてくる

「もう一度頑張ってみるか」
私は壁に手をかけ
足を踏ん張り
青い空を目指して
上がっていく

ゆっくりと
上がっていく
自分を信じて
明日を信じて

Ⅱ章　ブラウンプラネット

ブラウンプラネット

宇宙から眺めるその星は
年ごとに緑色の森林が少なくなり
年ごとに茶色の荒地が多くなる

宇宙から眺めるその星は
年ごとに氷河が減少し
年ごとに水位が上昇している

宇宙から眺めるその星は
年ごとに人が自然を虐《しいた》げ
年ごとに人が機械に従属していく

宇宙から眺めるその星は
年ごとに人々の笑顔が消え
年ごとに人々の嘆きが多くなる

宇宙から眺めるその星は
年ごとに敬虔な人が減り
年ごとに傲慢な人が増えていく

宇宙から眺めるその星は
年ごとに人格を押し潰し
年ごとに人の心をなくしていく

でも
でもね

我々はそんな星に生きている
我々の住処はその星しかないんだ
我々が自覚し変われば
この星と我々自身を
きっと救える
きっと

わたしの銀河鉄道

星々が溜息をつく真夜中
わたしはふと目覚め
銀河鉄道の列車に乗りたいという衝動にかられた
急いで服を着かえ
吐く息が白い戸外へ出た

最寄りの駅に行って路線図を見た
銀河鉄道の発車する銀河ステーションを探したが
見つけられなかった
駅員に聞くが
「そんな駅はない」と言う

「そんなはずはない」とわたしは言ったが
駅員は取り合ってくれなかった
わたしは家路をとぼとぼと歩いた

向こうから
数十人の子供たちが歩いてきた
子供たちは楽しそうに
「こんやは星祭」
「ケンタウルス、露をふらせ」
などと口々に言っていた
子供たちが通り過ぎた後
ふと見上げると
あった!
銀河ステーション
神々しい光に包まれた駅が

わたしの目の前に建っていた

わたしは中に入り
券売機でイーハトーブ行きの切符を買った
発車時刻が近づいていた
切符を手に通路を急ぐ
プラットホームには銀河鉄道の列車が出発を控えていた
乗車口には二人の少年がわたしを手招きしていた
わたしはうれしくなり叫んだ
「ジョバンニ！　カムパネルラ！」
聖なる夜の邂逅に
満天の星々は微笑んでいた

天空の父

寝る前に子は父に問う
――なぜ、僕は生まれたの？
父は少し考えて答える
――お前に生まれてほしかったからさ
子はさらに問う
――なぜ、生まれてほしかったの？
父はしばらく考えて答える
――お前にこの世界を知ってほしいからさ
さあ、おやすみ

父が死んだ後、子は天空に向かって問う

――なぜ、僕と母さんを残して死んだの？
上空の風が白い雲をゆっくりと動かす
雲は少しずつ形を変えながら大空をゆく
――父さんの言っていた世界とはなんなの？

成長するにつれ子の触れる世界は広がった
楽しいことも少しはあったが
父を亡くした母子にとって
この世は苦しみに満ち残酷でもあった
早くに死んだ父を恨んだ

子は父の言う世界をもっと知りたくて
多くの本を読み
様々な人と知り合ったが
父の言う世界の意味はわからなかった

子はいつしか父の享年を超えていた

子は白髪の交じる頭を上げ天空を仰ぐ
上空の風が白い雲をゆっくりと動かす
雲は少しずつ形を変えながら大空をゆく
今も昔と変わらず
ただそこに天空はある
そうただそこにある
天空より父の声が聞こえた
——目を閉じ世界をあるがままに受け入れなさい
　それから世界の問題点を
　改善しようと試みなさい
子は父の言う通り目を閉じ
世界をあるがままに受け入れようとした
心の底に積もっていた澱《おり》が

少し溶けた気がした
子は目を開けた
世界がほんの少し光り輝いて見えた
——そういうことなんだね、父さん
子は天空の父に向かって微笑んだ

リターン・アース

私たち一家が地球に帰還した時
宇宙船時間で十年経っていたが
地球時間では千年経っていた
私たち一家は環境破壊で
危機に瀕した地球を離れ
準光速宇宙船VR777という
宇宙移民団の船に乗った
ワームホールを通って
アンドロメダ星雲内の
とある惑星へ行き
そこに居住しようとした
しかしその惑星は

恒星から遠くて寒く
また頻繁に砂嵐が吹き
地球よりも劣悪な環境であった
結局私たちを育んだ地球の方がましだと思い
地球に帰ってきたのだった
久しぶりの地球には人の姿はなく
建物の残骸と赤黒い大地が残されていた
私と妻と子供たちは赤黒い大地に立った
さあやるぞ
私は母なる大地を鍬で耕し
植物の種を播き水をやった
一週間後
赤黒い大地に小さな緑の芽が出た
「崩れたらまた積み上げればよい」
亡き父の口ぐせが耳元で聞こえた

マース・ノクターン

あの人は私をほったらかしにして
また火星を見に空気の澄んだ田舎へ
望遠鏡を持って行っている
火星のどこがいいのか以前聞いたら
「赤い火星をずっと見ているとなんだか
　生まれ故郷に帰ったような気になるんだ」って
お前は火星人か！

あの人が長期出張でいない夜
私はあの人の望遠鏡を持って田舎へ行った
火星のどこがいいのか今日こそ見極めてやる

高倍率で初めて見る火星
夕焼けに似たその赤い大地を見つめていると
なぜか切なくなぜか懐かしく思えてきた

「おかえりなさい」
火星が私にささやく
私は望遠鏡から目を離した
火星から私に真っ赤な階段が伸びていた

「さあ行こう。僕たちの故郷へ」
振り向くとあの人がにこやかに立っていた
私はうなずき
あの人と手をつないで
赤い階段を一段ずつ上がっていった

サンスポット

光球より放たれしもの
暗き虚空を突き抜け
蒼き星に至りけり

天空に映えしその姿
神と言われしその形
悠然とただそこにあり

現し身を照らしたる
尊崇の御姿にも
ただ小さき黒き点あり

全能の中の黒点は
照らされし者に
安堵の波動を伝えたり
その故に愛されたり

オリオン

木枯らしの吹きぬける深夜
私は背を丸め
とぼとぼと歩く
家路は遠い
途中ふと立ち止まり
宙を仰ぐ

疲れた老眼に映るは
オリオン座
静謐な夜空に
荘厳なる光を放つ

人類が誕生して
数え切れぬ者が
夜空に燦然と輝く
オリオン座に
畏敬の念を持ち
仰いできたことであろう

私もオリオン座の
凛とした姿に
何度勇気づけられてきたことか

オリオン座の左足に位置する
リゲルは青白き吐息を吐き
中央の三星

ミンタカ・アルニラム・アルニタクは仲良く並び
幽玄なるシンフォニーを奏でる

そして
オリオン座の首星をなす右肩の
赤い焔の星
ベテルギウス

太陽の千倍の大きさで
６４０光年の彼方から
１・８５等級の明るさで輝く
赤色超巨星
ベテルギウス
その命が今まさに尽きようとしている

ベテルギウスは
星の形が
球形から大きく歪み
爆発寸前

生あるものは
皆終わりがある
この宇宙の真理に
例外はない

恒星は寿命が尽きると爆発し
その構成原子を
宇宙空間にばらまく

散らばった原子は
長い時間をかけて集まり
やがて
新たな星となる

輪廻転生
悠久なる時の流れに
連綿と繰り返される生と死
人も星も
生から終末へ向かい
また再び生へと向かう
永遠の連鎖

昔巨人の狩人オリオンは
サソリに刺され死んだが

その後星座として蘇ったという

最期を迎える
ベテルギウス
その死は哀しいが
未来に生の種をまく

ベテルギウスの消えた
オリオン座
その姿は寂しいが
偉大な姿に変わりはない

私はコートの襟を立て
再び家路を急ぐ
木枯らしは

頬に冷たいが
体の奥深くに
熱い焰を感じる
気高き
オリオンの焰を

時の割れ目

オリオン座が東の空に凍てついた光を放つ深夜
私は疲れた足取りで家路を急ぐ
角を曲がった時
突然
時空が歪む
私の目の前に開けるはコロセウム
何万人もの観衆が叫ぶ
数メートル先にライオン一匹
飢えた目をぎらつかせ私を見ている
私は素手
剣も楯もなにもない

私はライオンから逃げる
しかし追いつかれ
ライオンに押し倒される
「こんなの不公平だ」
私は叫ぶが
観衆は私に同調せず
ライオンは私の喉に鋭い牙を立てる
時空が歪む
私は薄暗い異端審問所にいる
目の前の裁判官が言う
「お前は魔女だ。よって火刑にする」
私は引っ立てられ
広場で十字の柱に括り付けられる
周りを群衆が囲む
「私は魔女ではない」

私は叫ぶが
誰も私に賛同しない
足元に火が放たれる
私の体は熱い炎に焼き尽くされる
時空が歪む
目の前に広がるは強制収容所の門
私は大勢の人と一緒に連行される
「さあ入れ」
有無を言わさず
狭いシャワー室にぎゅうぎゅう詰めに入れられる
そしてシャワーの代わりに出たのは毒ガス
みんなは息ができなくなり
苦しみもがき壁を爪でかきむしる
「誰か助けてくれ」
私は叫ぶが

外の世界の誰の耳にも届かない
私は意識を失い
気が付くと私は自宅の部屋にいる
理不尽な世界は過去だけのものだろうか

ＳＰＡＣＥ　ＥＬＥＶＡＴＯＲ

地上３万６千キロメーターに浮かぶ
静止衛星（スペース・プラットホーム（ＳＰ））
重力と遠心力が綱引きして釣り合い
静止衛星は地球と一緒に回っていた

２０ＸＸ年
私は発着場（アース・ポート（ＡＰ））に
待機しているモノレール型の
スペース・エレベーター（ＳＥ）に乗り込んだ
カーボンナノチューブでできた軌道は
静止衛星へと続いていた

私は予約座席に着いた

発車時刻が近づき
アナウンスがあった
「シートベルトをお締めください」
シートベルトを締めた
「間もなく発車します」
私は少し緊張した
（事故が起きませんように）
心の中で祈った
他の乗客も皆緊張しているようだった

「発車します」
緊張感がマックスになった
スペース・エレベーター（ＳＥ）はゆるやかに動き出す

だんだん加速されていった
それにつれ体が座席に押し付けられた
目の前の小型ディスプレイに表示される
時速が大きくなっていった
50ｋｍ　60ｋｍ　70ｋｍ…
重力加速度（Ｇ）は容赦なく増加し
体は座席から動かせなくなった

１５０ｋｍ　１６０ｋｍ　１７０ｋｍ…
私は目を閉じて
普段は言わない言葉を内心で唱えた
（神様仏様、どうか私を御守りください）

時速が２００ｋｍになった時、アナウンスがあった
「最高速度になりました。定速走行に変わります」

加速はなくなり、体は動かせるようになり、私はほっとした
その後、スペース・エレベーター（ＳＥ）は７日間かけて
静止衛星（スペース・プラットホーム（ＳＰ））に着いた

ＳＰから眺める地球は
砂漠化が進み、緑色より茶色が多くなってきた
暗い宇宙空間にぽっかり浮かんでいて
どこか淋しげであった
地球温暖化の進む地球では
人は住めなくなる運命であった
これからこのＳＥを使って
宇宙空間に居住用資材を運び
スペース・コロニー（ＳＣ）を
建設していくことになっていた
私はもの思いに耽った

ディア　サードプラネッツ　ユウ

拝啓
第三惑星の貴方たちへ

私たちが貴方たちの星を見つけて幾千年
貴方たちの星の上に起こった
様々な出来事を
見つめてまいりました

貴方たちの星では
大地が震え
水が暴れ

風が渦巻くなど
多くの自然災害が
貴方たちを襲いました

また
貴方たちは他の人々や民族と
土地や金や宗教や考え方の違いを巡り
いさかいを起こし
多くの戦争を勃発し
尊い人命を奪ってきました

しかし
貴方たちは
科学技術を駆使し
自然災害による被害が

少なくなるようにしました
また
戦争が起きないように
世界的な政治的経済的組織を
作りました

ですが
科学技術の進歩は
逆に
自然破壊を招き
それによる
異常気象は
年を追って激しさを増しました
また
世界的な組織は

各国の利権争いにより
テロ対策や
経済的格差
難民問題などに
有効な手を打てず
世界的な混乱が生じています

このように
貴方たちの星は今
大きな転換点に来ており
従来のマニュアルや
既成の価値観が通じない状態に
至っています
貴方たちは戸惑い
途方に暮れ

未来を
いいえ
明日を
不安な面持ちで見つめているのではないですか

貴方たちの文明が誕生したのは
わずか数千年前です
貴方たちはまだ成長の過程にある
子供なのです
大人になるために
乗り越えなければならない
試練の途上にあるのです

真の大人になるため
貴方たちへのアドバイスをしましょう

それは貴方たちが
先祖伝来持ち続けてきましたが
昨今忘れそうになっているもの
そう
「希望」
を持つことです

「希望」
それは貴方たちに残された
すばらしい宝物です
それを信じていれば
苦しい目にあっても
くじけず未来に目を向け
歩いていくことができます
貴方たちは

良い方向へ自らを導くことができるのです
すべては
貴方たちにかかっています
私たちは今後もずっと見守っていますよ
敬具

愛讃歌

愛は
古より
現人の欲してきた
永遠なる
想い

過去に
刻んだ
苦しみは
決して消えず
心の奥深くに残る

際限のない
幸せへの渇望は
全ての身近な出来事を
切なくさせ
喪失の恐れを増大させる

他者から受けた心ない言葉は
血の流れを
詰まらせ
天へ伸びようとする意志を
閉じさせる

何故
人間として生まれたのか
射干玉の夜に

寝言を呟くあなたに
ノアの方舟が待っている

胚から
人へ
不思議な
変遷
豊麗なる進化の記憶

窓の向こうの
み空には
無名の雲がたおやかに流れ
眼にやさしくあなたへ
萌ゆる心を醸し出す

やわらかな
イリスの描く虹の橋
雄大なる
円弧は
良いことの起こる兆し

落果の
林檎を手に取り
瑠璃色の小皿に
檸檬とともに置き
ロマンスの旋律に耳を傾ける
湧き水の如く愛は深層より出ずる

※イリス…ギリシャ神話の虹の神

Ⅲ章　幻想ラジオ

廃墟に立つ少女

Ｂ29は過ぎ去る
落とされた爆弾は
大地を深々とえぐり
濛々たる土煙は
昼を暗黒と化し
街を覆う
家々は焼け
無残に崩れ落ちる
人々は逃げ惑い
負傷した者は
助けを求めるが

誰も応えない
いや応えられない

空襲の後
土に覆われたる
庭の防空壕を掘り
少女は姉の骸を
見つけ出す
土にまみれているが
先ほどまでと同じ
やさしき姉の顔
ただ
息はなく
脈はなし
静かに静かに

やさしき姉は
横たわる

間もなくして
終戦
少女の仰ぐ
夏の青空に
ぽっかりと白い雲
『欲しがりません
　勝つまでは』
『一億総火の玉』
勇ましき言葉の
数々は
青空に
すうーと

消えいる
後に残るは
少女の涙と
悔恨のみ

リアルブレイクスルー

岡山駅構内にあった岡本太郎の壁画『躍進』
夜が更けたその場所で
一人たたずみ壁画に見入る

赤や青、黄色の原色が伸びやかに生命感溢れて跳躍し
観ている私を圧倒する

太郎の精神は時代を超越し
現在の私達に熱く語りかけてくる
「お前たちは時代と本気で闘っているのか」

私の父母の青春時代は戦争で黒く塗り固められていた
父は通信兵として十七歳で入隊し
上官や先輩に毎日殴られていた
母は来る日も来る日も
軍需工場で働かされていた

父母が過酷なる日常を耐えられたのは
揺るぎない信念があったからだ
「日本は必ず勝つ」

だが八月十五日
その信念は崩れ去った

戦後
父と母を含めた国民は

過去を忘れ去り
いや心の奥底にしまいこみ
生活のため
それぞれ懸命に
働いた
働いた
働いた

その結果日本は
戦後の混乱からようやく抜け出した

いや抜け出したのは
表面的な
物質的な
顕在意識上の

問題からだけであった

本質的な
精神的な
潜在意識下の
人間性の根幹に係わる
問題はなにも解決していなかった

「昔はよかった」
と人々は過去を懐かしむ
しかし本当によかったのか
様々な問題に
目を閉じ
耳を塞ぎ
口を噤んでいた

だけではなかったか

差別・貧困・格差・高齢化・少子化等々
様々な多くの問題が
今を生きる
我々の目の前に
巨石のごとく立ち塞がっている

もう後戻りはできない
進むしかない
問題に真正面から
対峙するしかない

その問題を解くための
マニュアルや

魔法の呪文は
存在しない

我々が
考え導き出すしかない
考えて
考えて
考え抜いた時に
明日の道が見えてくる

考えて
行動に移さなければ
この混沌からは抜け出せない

太郎の壁画は

我々がこの時代と真に向き合い
闘っていくことの必要性を訴え続ける

風車とお地蔵さん

道ばたに
小さなお地蔵さん
小さな手に
赤い風車
くるくる回って一休み
また
くるくる回って一休み

にこにこ顔のお地蔵さん
赤い風車がお気に入り
くるくる回って一休み

また
くるくる回って一休み

風が吹いても吹かなくても
赤い風車を持ってるお地蔵さん
くるくる回って一休み
また
くるくる回って一休み

人生は風車のよう
風が吹いたり吹かなかったり
喜んだり悲しんだり
じたばたしたってはじまらない

小さなお地蔵さんの赤い風車

くるくる回って一休み
また
くるくる回って一休み

幻想ラジオ

深夜、ラジオを聴く。
チューニングしていたら、
聞きなれないラジオ局にヒットした。

「はい、皆様、
『幻想ラジオ』局がお送りする
電話相談の時間がやってまいりました。
相談者の方、ご質問をどうぞ」
「あのすいません。
今テレビやネットでは
現実の戦争場面が流れていますが、

見ていて惨たらしくて悲しくなるのです。
どうしたら戦争を世界中からなくせますか？
教えてください」
「わかりました。
それでは天使さん、この質問にお答えください」
「はい、天使です。
大変難しい質問ですね。
もともと人間は利己的なものです。
自分や自分の属する民族の利益のみを考えて、
そのためには他人や他の民族がどうなってもいいと
考えがちです。
戦争をなくすためには、
この考えを改めなければいけません。
他人や他民族を自分と同じくらい大切に思えば、
他人を傷つけることもないはずです」

「はい、それでは悪魔さんどうぞ」
「はい、悪魔です。
天使さんの言われることは理想ですね。
人間はまず自分や同胞の利益を
考えるようにできています。
利益が他人や他民族と折り合わなければ、
戦うしかないでしょう。
戦いに勝って利益が得られるのですからね。
戦争はなくなりませんよ、これからもね」
「天使さん、悪魔さんの意見に対してどう思われますか？」
「はい、悪魔さんの言われるような人間だけではないですよ。
自分の利益を追求するのみでは、
他者と衝突して争いが起こるばかりです。
自分も他者も双方が利益に預かれるように
創意工夫することが大切です。

ＷＩＮＷＩＮの関係を構築していくことで、
争いを避けられると思います」
「悪魔さん、天使さんの意見に対してどう思われますか？」
「ＷＩＮＷＩＮの関係を構築していくことは、
いいと思いますがね。
でも双方が妥協しなかったら、
結局は戦争になるのではないですか？」
「天使さん、反論は？」
「はい、双方の意見が対立する場合は、
第三者や第三国が仲介すればいいと思います。
仲介者が間に入って
双方の意見を聞き、
両者が納得できる落としどころを探ればいいと思います」
「悪魔さん、反論は？」
「でも、仲介者といっても、

当事者のどちらか一方と結びつきが強くて
一方の側に有利なように
交渉を進める危険はあると思いますがね」

「天使さん、反論は？」

「その恐れが無いように、
複数の仲介者を立てればいいと思います。

それにより、できるだけ公平中立な仲介ができると思います」

「悪魔さん、反論は？」

「複数の仲介者を立てても交渉がまとまらないこともあります。

そんなまどろっこしい事より、
大量破壊究極兵器で決着をつけたらいいと思います」

「天使さん、反論は？」

「それこそが『悪魔のささやき』ですよ。

大量破壊究極兵器を使ったら、もう取り返しがつきません。

双方の国だけではなく、地球上の全ての人類が影響を受け、いずれ人類は死に絶えるでしょう」
「悪魔さん、反論は？」
「ばれましたか？
そう、それこそが悪魔の望むことなのですよ。ハハハ……」
ここで『幻想ラジオ』局のラジオ放送が途絶え、
いつも聴くラジオ局のアナウンサーの緊迫した声が聞こえた

「臨時ニュースを申し上げます。
先ほどA国に大量破壊究極兵器が投下されました。
A国の国土は破壊され死傷者が多数発生している模様です。
投下したのはA国と敵対しているB国と思われます。
以前からA国とB国では戦争が続いていました。
複数の第三国が仲介していましたが、妥結にいたらず、
戦争は継続され、本日の惨劇にいたりました。
臨時ニュースを繰り返します。

先ほど……」

窓のカーテンを開けると、遠方に青白い光が見えた。

私の住むC国はA国の隣の国なのだ。

先ほど聞いていた『幻想ラジオ』局のラジオ放送はなんだったのか……。これは悪夢なのか、現実なのか……。

わたしは呆然と青白い光を見つめ続けた。

ナイトメア

むっとする暑気の続く深夜
大部屋の病室
当時十六歳の私は手術後まもない脚の痛みに耐え
ようやくまどろみはじめる
その時
「うわー」
病室に響きわたる大声
目を覚ます私
廊下から駆けてくる足音
「どうしました」
若い看護婦は懐中電灯で

隣のベッドの老人を照らし出す
「すいません。夢を、夢を見たんです」
重苦しい息を吐く老人
その顔は強張り、顔全体に汗の粒が光る
「そう、また見たんですね、あの夢を。
　でも、安心してください。
　もう戦争は終わったのですから」
看護婦はやさしく老人の手を握る
老人はしばらくして寝息を立て始める

数十年前の真夏の大陸
徴兵された若き日の老人
彼の所属する部隊は森の中を進む
暑さと疲労と飢えは限界を超え兵士達は次々に倒れていく
どこから襲ってくるかわからない敵兵

ギリギリの緊張感
前方でガサッという音
「敵だ」
誰かが叫んだ
音の方へ一斉に射撃
ドサッと倒れる音
背の高い雑草をかきわけ、用心深く近づく
そこで見たものは
全身から血を流し横たわる少女
その眼は見開かれ遥かなる宙を見つめる
動かぬ少女の傍らに木の実の入った籠が転がる
「兵隊じゃない、子供だ」
銃を手に震える彼
「いや、子供でも斥候かもわからん。
仕方がないことだ。もう考えるな。さあ、行くぞ」

隊長の声で重い足を進める兵士達
彼の脳に刻まれるあどけない少女の骸

暑い夏の病室
十六歳の私に重苦しい過去を話した老人
彼は末期の病で間もなく亡くなり
もう悪夢を見ることはない
彼の悪夢は私が引き継いだ

きれい

私が幼い子供の頃
家事で忙しい母に代わり
近所のお婆さんが私を散歩に連れて行ってくれた
「ポッポー（汽車）を見に行こうね」
お婆さんは私の手を引いて土手を歩いた
土手の道沿いには赤や黄色の花々が咲いていた
「きれい」
花に見とれて私が言うと
お婆さんは優しく言った
「きれいだね。これからもきれいなものはきれいと言おうね」
「うん」

と私は返事をした
この時のきれいな花々とお婆さんの言葉が
私の記憶に残った

しかし大人になって
きれいなものをきれいと
きたないものをきたないと
私は率直に言ってきただろうか
きれいなものをきたなく
きたないものをきれいと
逆に言ってきたことが多かったのではないか

森羅万象に魂が宿り
その魂の発露をあるがままに受け入れよと
古来伝えられてきたが

それを実践することは難しい

万物の真の姿を歪曲せずに
正しく把握し
それを己の真摯な言葉で発する
そのことによって
万物の魂と己の魂が共鳴し
人は真に進化していける

私は釈迦牟尼のように
悟りを開くため
何年も苦行することはできないが
お婆さんの言葉を再度認識していきたい
「きれいだ」
と素直に言えるように

生き物たち

蟻《あり》　蝗《いなご》　馬《うま》　鱛《えそ》　狼《おおかみ》
蚊《か》　狐《きつね》　熊《くま》　毛蟹《けがに》　蝙蝠《こうもり》
犀《さい》　鹿《しか》　雀《すずめ》　蟬《せみ》　草魚《そうぎょ》
蛸《たこ》　茅渟《ちぬ》　燕魚《つばめうお》　草蝦《てながえび》　虎《とら》
蛞蝓《なめくじ》　鰊《にしん》　滑鰌《ぬめりごち》　鼠《ねずみ》　野兎《のうさぎ》
蛤《はまぐり》　人《ひと》　河豚《ふぐ》　遍羅《べら》　蛍《ほたる》
蝮《まむし》　蚯蚓《みみず》　百足《むかで》　目高《めだか》　土竜《もぐら》
山羊《やぎ》　海豚《いるか》　湯鯉《ゆごい》　蝦夷鼬《えぞいたち》　葦登《よしのぼり》
駱駝《らくだ》　栗鼠《りす》　瑠璃鶲《るりびたき》　連魚《れんぎょ》　驢馬《ろば》
鰐《わに》　鰯《いわし》　海栗《うに》　斉魚《えつ》　虎魚《おこぜ》

様々な生き物たちが生息する
地球
人はその中の一つの種類でしかない
生き物に優劣などない
優劣があると思うのは
人の驕りでしかない
生き物それぞれが
懸命に生きてる
それだけで尊い
人がそう思わなくなる時
人は地球から
消えてなくなるだろう

キャッツアイ

凍てつく夜
コンビニの入り口の前に
丸い物体があった
近づくと
それは一匹の老いた猫だった
四肢を中に丸めて
顔だけちょこんと出していた
猫と目が合った
ブルーの瞳は鋭く
立ち止まった私の全身を射抜いた
鳴き声を出さず

ただじっと私を見た
私も猫をじっと見て
そして分かった
猫の瞳が捉えているのは
私の姿ばかりではなかった
その深奥に
この町の姿
国の姿
地球の姿
いや宇宙全体の真の姿が映っていた
私はいたたまれず
猫から目をそらし立ち去った
翌日
コンビニの前を通ったが
あの猫の姿はなかった

水槽の亀

水槽の亀は
前足と後足を懸命に動かし
水槽から外へ出ようとしていた
しかし水槽は深く
また壁面はつるつるしているので
壁を登っていくことはできない
でも亀はあきらめず
足をバタバタしている
どうやっても無理なのに
どうして亀は
なおも壁をよじ登ろうとしているのだろう

なぜ亀は
こんなことをしても無駄だから
止めようと思わないのだろうか
亀をじっと見ていて考えた
亀は自分のやっている行為が
無駄だというのは
十分にわかっているんだ
しかし
亀は自分を閉じ込めている水槽から
外へ出て
自由になりたい
その強い強い思いから
亀は壁を登る動作を
止めることができないんだ
自分の思いに

正直に生きたいんだ
ただそれだけなんだ

OCTOPUS

あなたは水槽に顔を近づけ
私をじっと見つめる
私もあなたをじっと見つめる
あなたがなんでそんなに私を見つめるのか
わからない
私に興味があるからなのか
私が好きなのか
私を食べたいのか
それともただ私を見つめて
ぼうとしたいからだけなのか
あなたの心の中が知りたい

わたしは頭部から脚が8本出ているが
あなたは私と違う体形をしている
頭部から4本の脚が下に伸びており
内2本は体を支えて移動にも使っている
他の2本は先端が5本に分かれており
それらを組んだり離したり頭部に触ったりしている
あなたは私と同様に頭部で思考しているはずだ
例えば
なぜ私のような奇妙な形の生物がいるのかと
私も同じ事をあなたに対して考えてはいるが
あなたはきっと思っているはずだ
私が水の中で暮らすのは楽しいのかと
私も同じく思っている
陸の上で暮らすあなたは楽しいのかと

ここは水槽の中で
敵はいなくて安全だが退屈だ
わたしが生まれた海の中では
食うか食われるかの命がけの日々だった
夜帰ってきたあなたはひどく疲れているようだ
あなたの暮らす世界も
食うか食われるかに
神経をすり減らす世界なのかと思う

私は水槽の底でじっと考えている
あなたにとって私はなんなのかと
癒してくれるペット
あるいは生きているおもちゃ
それとも種を超えた友達
あなたにとって私はどんな存在なのだろうか

ともかく
私に餌をくれるときの
あなたの笑顔は素敵だよ

愛・光子

雑踏からあなたの姿が現れる
あなたからの光子が
わたしの目に届く
わたしの網膜の受容体が
優しく光子を受け止める
電気信号は視神経を経て脳に届き
わたしはあなたを
はっきりと認識し
あなたを
しっかりと保存する

わたしはあなたに
声をかけられず
ただあなたを見るだけ
あなたの
一挙手一投足から発する光子を
わたしは逃すまいと
あなたを注視する

あなたとすれちがい
あなたが雑踏に消えた時
あなたからの光子も届かなくなる
わたしは名残惜しさを感じ
わたしの中にある
あなたの
きらめく画像を再現する

あなたとすれちがう度に
光子がわたしに届き
わたしの中にある
あなたの画像が増えていく
わたしはわたしだけの
あなたを蓄積する

しかし
ある日を境に
あなたを見かけなくなった
あなたはいずこかへ消えてしまった
でも
あなたからの光子による今までの画像は
わたしの中に包摂されている

あなたは私の中で消えない
あなたは
わたしの中に刻印されている
永遠に

森は囁く

森の中を歩く

樹木の放つ芳香が私を包み
鳥たちの囀りが私の気を引き
虫たちの鳴き声が私を圧倒し
心地よい風が私の体を吹き抜ける

私は森の中で立ち止まる
森の精霊たちを感じる
目には見えないが
感じる

私は目を瞑り
心の中で唱える
森の精霊たちよ
私に話しかけてください

しばらくして
森の精霊たちが
私に囁く
「●●●●●●●」
何を言っているのか分からない
私は心のアンテナの感度を上げる

再び
森の精霊たちが

私に囁く
「●カ●リ●モ●」
とびとびに言葉が分かる
私はもっと感度を上げる

森の精霊たちは
囁きを繰り返す
「●カエリ●モヨ」
私は感度を最高レベルに上げる

森の精霊たちは優しく囁く
「オカエリトモヨ」
その言葉に私全体が
抱かれる

目を開けると
私の両足は大地に根を張り
私の両手は多くの葉を茂らせ
私は一本の樹木になっていた

Ⅳ章　知らない罪

スタートレス

終わりが見える見えないと
ざわつく君たち
まだ君たちはいいほうだ
始まりがあるからね
世の中には
始まりがない人がいる

この世に生を受けても
発育に必要な栄養を取れない難民の赤ん坊
経済的な理由で進学をあきらめざるを得ない高校生
一流校でないため会社の面接も受けさせてくれない大学生

容姿のせいで合コンにも加われない若者
スタートラインに立つことさえできない社会

努力が足りないと
世の人は言う
だが
本当にそうなのか
本人の努力だけではどうにもならないことで
スタートラインに立つ機会が与えられてないことが多すぎる

世界人権宣言第一条はうたう
「すべての人間は、
生まれながらにして自由であり、
かつ、
尊厳と権利とについて平等である」

誰もがスタートラインに立てる権利がある
しかし
現実はそうなっていない

世界人権宣言第二条は訴える
「すべて人は、人種、皮膚の色、性、言語、宗教、
政治上その他の意見、国民的若しくは社会的出身、
財産、門地その他の地位又はこれに類する
いかなる事由による差別をも受けることなく、
この宣言に掲げる
すべての権利と自由とを享有することができる」

この崇高な理想が
いや当然なことが

実現される世界を
我々は作っていかねばならない
スタートラインが誰にでも平等に存在するために

叱るおじさん

小学校からの帰り道
私は友達と道草して遠回り
道路の端で座り込む

「おい、おまえら。何やってんだ」
見上げると見知らぬおじさんが立っていた
「だめじゃないか。
　さっさと家に帰らないと」
おじさんの声はきついが
二人の幼い子供を心配する顔だった

「はあい」
私と友達は仕方なしに立ち上がり
家に向かって歩き出す
しばらくして振り返る
おじさんはまだ
私と友達を見つめて立っていた
社会全体が子の親だった昔

消失点

『正義』

昔テレビで「○○仮面」や「□□マン」といった
正義のヒーローが活躍する番組があった
弱きを助け強きを挫くその姿に
多くの子供たちが共感し歓声を上げた
その子供たちが大人になった時
現実社会では不正義がはびこり
正義を訴える者は迫害されることを知った
会社組織内で内部通報制度はできたが
実際に通報した者の多くは左遷されるか解雇された
正義はテレビの中だけにあったのだ

『平等』

男と女　大人と子供　健常者と障害者
様々な人々について平等が言われているが
実際は不平等が世界をおおっている
まず生まれた時に裕福な家か貧乏な家かで
その人の将来がほぼ決まってしまう
就学　就職　結婚……
あらゆる場面で不平等があり
出自の呪縛から容易には抜け出せないのだ
平等は憲法でうたわれているが
人々の意識の根底には不平等が張り付いている

『寛容』

貧富の格差は拡大し

人々は余裕を失い
自分の事だけで精一杯
自分と異なる意見や思想には聴く耳を持たず
徹底的に攻撃をする
社会の分断化は進み
ますます窮屈な世の中になっている
電車　バス　航空機内で
赤ん坊が泣いている時に
他の乗客から苦情を言われた母親は多い
私の母が若い時
赤ん坊の私が泣いていると
「うるさい　だまらせろ　仕事に差し障る」と
近所の者から苦情を言われ
母はこう言い返したそうだ
「赤ん坊は泣くのが仕事なのよ」

私は懐の深い人間にはなれそうにないが
せめて赤ん坊の泣き声についていては寛容でいよう
『子供叱るな来た道だもの
年寄り笑うな行く道だもの』
（＊永六輔『大往生』より）

通話優先

走行中の路線バス内の後方で
携帯電話が鳴る
女子高生が誰かと話し始める
結構大きい声
「携帯電話の通話はお止めください」
車内放送で運転手が言う

女子高生は話し続ける
時々笑い声が混じる
「携帯電話の通話はお止めください」
車内放送で再び運転手が言う

女子高生は話し続ける
バスは赤信号で停まる
運転手は運転席から立ち上がり
女子高生のいる後方へ向かう
「携帯電話の通話はお止めください」
運転手は女子高生の傍に立って強く言う
「はい…」
女子高生はか細い声でそう答えると
ひきつった顔で
携帯電話をカバンにしまう
運転手は運転席に戻り
バスは発車する

車内には

『携帯電話の通話は禁止します』と
張り紙が貼ってある
女子高生には
運転手の注意が聞こえ
張り紙も見えていたはずだが
ただ
心に届いていなかっただけなのか
静かな車中で考えた

リアル・持続可能な開発目標

REAL・SDGs 17の目標

①貧困をなくさずそのままに
②飢餓をなくさずそのままに
③一部の者だけに健康と福祉を
④一部の者だけに質の高い教育を
⑤ジェンダー不平等をそのままに
⑥一部の国だけに安全な水とトイレを
⑦一部の者だけにクリーンなエネルギーを
⑧働きがいと経済成長の二者択一を
⑨産業と技術革新の基盤づくりを最優先に

⑩人や国の不平等を温存
⑪住み続けにくいまちづくりを
⑫つくる者の無責任とつかう者の無責任
⑬気候変動へは無策を
⑭海の豊かさを守らない
⑮陸の豊かさも守らない
⑯世界に戦争と不公正を
⑰協力してＳＤＧｓの目標を達成しない

ＳＤＧｓの達成年限は２０３０年
高い目標と低い実現可能性
富の一部の者への偏在は
年を追うごとに高まっていく
ジェンダー平等は掛け声だけにとどまり
ＬＧＢＴへの偏見は続き

多様性は無視される
環境より利己的な経済が優先され
やがて地球は住めなくなる
武力による威嚇や侵攻はなくならず
多くの無辜の市民の血が流され続ける

この現状に目をつぶり
目の前の利益を求める者の
行く先にあるのは「滅亡」のみ

これからでも遅くないと
絵空事ではない
真のＳＤＧｓへ向けて
全世界の各自が一歩踏み出せるかどうか

全人類が滅亡するのか生存するのか
未来を決めるのは
誰でもない
我々一人一人だ

グラデーション

わたしの戸籍上の性別は『男』
でも
わたしのＤＮＡからなる染色体を詳しく分析すれば
１００％男性とはいえないかもしれない

「Ｘ染色体とＹ染色体の組み合わせで
男性か女性かが決まる
ＸとＹを持てば男性
ＸとＸを持てば女性となる」
昔こう習ったが
実際には

性染色体や身体的特徴について
多くのグラデーションが存在することがわかってきた
生物学的に男性か女性か
はっきりと区別されない
性別のスペクトルが存在する

生物学的にそうであれば
心だって明確に
男と女に分かれていないのも当然
心の中（思考や感情等）が
50％が男で50％が女
そういう人がいてもおかしくはない
男は「男らしく」
女は「女らしく」
昔はよく言われたが

男か女かと
明確に区別し
それに従って躾や教育をすることが
様々な差別や偏見をも生み出してきた

男か女かで人を判断するのではなく
一人の「人間」として見て接していく
そんな時代に変わりつつある

性別のことだけではなく
各人の考えも色々あり
様々な物事に対して
賛成と反対の意見
そしてその中間の意見など
各個人ごとに考えは異なり

グラデーションがある
周りに流されず
忖度せずに
自分の意見が言える社会を望みたい

マリオネット・ストリングス

テレビでキャスターやコメンテーターの言葉に
何度も頷く自分に気付く
わたしの考えは本当に
わたしが考えたことなのだろうか

歩いていて口ずさむＣＭソング
その商品を欲しいと思ってもいないのに
いつのまにやら口から零れ落ちる
わたしには自分の意思があるのだろうか
自分の意思で決めているようで

本当は他人の意思に操られているのでは

ある日ふた方向に分かれた道で
左に行くつもりが
なぜか足は右へ動いた

ある日の選挙の投票で
最初に入れようと思っていた候補者とは
違う名前の候補者名を書いていた

わたしはだれかの
操り人形なのか
わたしは操られて
行動しているのか
わたしは自分の意思では

行動できないのだろうか
わたしはわたしの体にまとわりつく糸を
断ち切ることにした

糸は頭から足先まで
幾十にも体とつながれており
断ち切るのに難渋した

わたしはようやく
最後の一本を断ち切った

さあこれで
わたしは自由だ
わたし自身の意思で行動できる

わたしは再び
ふた方向に分かれた道に立つ
でも足が前に出ない

右か左か
いずれの道を進むべきか
あれこれ迷うばかりで決断できない

わたしは
糸がつながってないと
なにも決められないのか

そう思った途端
足元を見ると

糸がつながっていた
なぜかわたしは安堵した

ロジカル・オーバーコート

Ａは Ｂに強く
Ｂは Ｃに強く
Ｃは Ａに強い
ならば
ＡＢＣの中で一番強いのは誰なの？

Ａは Ｂが好きで
Ｂは Ｃが好きで
Ｃは Ｄが好きである
ならば
Ａは Ｄが好きなの？

Ａは大事である
Ｂは必要である
Ｃは大切である
ＡとＢとＣのどれか一つだけを取るとした
ならば
ＡとＢとＣのどれを取るの？

論理的に解けない問題は
現実社会で今日も出題され続ける
それに対する正解がなくても
人々は答えを出すことを求められる

正しいかどうかは関係ない
自分の利益を図るため

自分の判断を正当化するため
論理的な外形を装う

各人が
各民族が
各国が
論理の外套をまとった
非論理的な思考に基づく言動をなし
それが世界を覆っている

クロスロード

「そこを右に曲がります」
ナビゲーションはそう言ったが
私は左に曲がりたかった
私は左にハンドルを切ろうとした
どうして？
そうしたかったからだ

いつからなのだろうか
『効率』という言葉が
巷にあふれ
スピードが求められた

非効率的な事や人は
隅に追いやられた

「だめです。右に曲がりなさい」
ナビは私の運転操作を否定した
でも私は左に曲がりたかった
ハンドルが重くなった
私は力をこめて
ハンドルを回そうとした

いつからなのだろうか
『お金』をたくさん持つことが
いいこととされ
お金中心の世の中になった
金にならないことは価値がなく

顧みられなくなってしまった

「もう一度言います。右に曲がりなさい」
ナビは強い口調で私に強制した
でも私は左に曲がりたかった
今までずっとナビに言われるままだったが
今回はどうしても
私の思いを貫きたくなった

いつからなのだろうか
『多数』が物事を決め
少数が切り捨てられ
少数の意見に耳を傾けなくなった
多数の意思に歯向かっては
生きていけない世の中になった

「これが最後です。右に曲がりなさい」
ナビは大声で言った
私はそれに抗して
力一杯に左へハンドルを回した
車は左に曲がるかに見えた
左に曲がれば今までとは違う世界が見えるはずだ

いつからなのだろうか
『一つの考え』だけが
善となり
それと異なる考えを持つものは悪となった
自分と異なるものを排斥する風潮が
全世界に広まった

「あなたを排除します」
ナビがそう言ったあと
ハンドルから体に電流が流れ
私は気を失った
気がつくと私は道路に横たわっていた
そう私は車から不適格者として排除されたのだった

いつからなのだろうか
『物』が優先され
本来は大切にされるべき
心がないがしろにされた
人々は天高くバベルの塔を築き
魂の居場所はなくなった

私はふらふらと

立ち上がった
私が運転していた車は
自動運転に切り替わり
すでに立ち去った
でももう私に
車は必要ない
自分の足で
自分の進む道を歩くのだ
足取りはよろよろと
覚束なくても
自分の意思で
自分の進む方向へ
自分や社会のあるべき姿を求めて
進むのだ
私は未知の道へ

確かな一歩を踏み出した

知らない罪

大学時代
同期生に沖縄から来た学生がいた
私はその学生に聞いた
「沖縄の復帰前と後で変わったことがあるの？」
その学生は答えた
「通貨がドルから円に変わった」
私はそれを聞き
自分を恥じた
戦後
沖縄は米軍の占領下にあったが
その時の沖縄の通貨は

円ではなくドルであった
使えるお金がドルであることは
いやがうえでも沖縄が占領下にあることを
沖縄の人々に思い知らせただろう
そういう状況で沖縄の人々は
復帰を望んで
辛抱強く暮らしていたのだ
そんな基本的なことも
私は知らなかったのかと

中学時代
課外学習の時間に
同学年の学生全員が
劇場で演劇を観た
『コタンの口笛』

演劇など興味なかった私は
関心もなく
はじめは漫然と観ていた
だが
観続けていくうちに
劇団員の熱演もあり
だんだんと劇に魅せられていった

アイヌ
北海道という遠い地に
そういう民族がいることは知っていたが
それ以上のことは知らなかった
アイヌの人たちが
就職や結婚など生活の様々な面で
差別を受けていることを

この演劇で知った
それから幾年が過ぎた

最近
アイヌの人たちに対する意識調査の結果が公表された
アイヌ民族に対して
差別や偏見があると答えた割合
アイヌの人々　72・1％
国民全体　　　17・9％
差別される者と
差別する者との
悲しき意識の差

私が中学時代に
『コタンの口笛』を観た時も

その後も
ずっとずっと
差別は解消されていなかった

差別する者は
自分がしていることが差別なのだということを
自覚していない
差別をされる者の苦しみや悲しみを
知らない
その地域以外の者や
直接関わっていない者は
差別がある現実を
知らない
知らされていない

沖縄も
アイヌも
その問題の根底にあるのは
歴史や現状に関し
多くの人々の認識や理解が
不十分であること

先日
性的マイノリティの人権に関する講演会に行った
自分がいかに同性愛などに対して
誤った考えや偏見を持っていたかを
思い知らされた

情報が溢れる現代
でも本当に重要な情報は

与えられない
自分で情報を得ようとしなければ
何も得られない
知らないことや
知ろうとしないことが
免罪符である時代は
過ぎ去った

波紋

静まり返った池に向かい
私は沈んだ心を引きずったまま
小石を投げる

小石はグルグル回りながら
ニュートン力学に則った
放物線を描き
水面に没する

水面に生じる
同心円の波紋は

小石に込められた哀しみを表出する
波紋の波長は哀しみの密度の濃さを
波紋の高さは哀しみの大きさを表す

波紋は水面に広がり
だんだんと岸に近づく
私の投げた哀しみが減衰を繰り返し
やがて穏やかなさざ波となって
私に届く

私は何度も小石を投げる
その度に波紋が生じ
最初大きな波は
小さな波となって私に届く
私は何度も繰り返す

人は誰もが哀しみを持ち
心の池に小石を投げ続ける
何度も何度も
投げ続ける
投げ続ける

解説

解説　本来的な「白い文字」に「希望の詩魂」を見出す人
――風守詩集『希望の詩魂』に寄せて

鈴木　比佐雄

1

岡山県に暮らす風守氏が第一詩集『希望の詩魂』を刊行した。四章に分類されて四十五篇が収録されている。風守氏は二〇一六年三月に刊行された「コールサック（石炭袋）」八五号に詩「リアルブレイクスルー」を寄稿されてから、最新号の一一九号の詩まで八年間にわたり毎号欠かさず寄稿を続けている詩人だ。

Ⅰ章「白い文字」十一篇の初めの詩「白い文字」は、風守氏の詩的言語の在り様を語りかけてくる。一連目、二連目を引用する。

私の学生時代／数学の試験の時に／同級生が解答用紙を白紙で出した／そいつは教師から怒られた／でも／そいつは教師にこう言った／「先生、俺は書いたよ／『白い文字』でね／『俺の人生に／方程式や三角関数は／全然必要ないよ』ってね」／先生はそいつが言う解答用紙に書かれた／『白い文字』が読めなかった／いやそいつの心の中が読めなかった／そいつと数学とが途方もなく／遠い距離にあるということを／／今振り返ると／あの時教師は方程式や三角関数が／世界を解釈し創造するという／有力な人類の『白い文字』で／あることを告げるチャン

スだった／この世界に無関係なものは／ないと暗示するべきだった／かも知れない

風守氏の詩は、例えばインスタレーション芸術のように私たちをある場所に連れて行き、そこに物や人間に自然光や風などが降り注ぐことや、その場所そのものが本来的なことや、異次元の聖なるものを暗示してくれる。感受する側や読解する側にその場所の豊かさや自らの深層を想起させてくれる。この詩に関しては学友と教師の間で繰り広げられた教室風景に連れて行き、本質的な問い掛けに対して、教師の怒りによって対話が不可能であったことに疑問を持ち、風守氏はその情景にこだわり続けて、その続きを描こうとしているのだろう。その場所に本来的な対話が成り立つためには、「この世界に無関係なものは／ないという暗示」だったのかも知れないと語りかけている。この文系や理系という二分法で決して解けない、単純に解答を導き出す傾向に反して、この世界の根源に迫る問い掛けを風守氏は、自らに愚直に課してきたように感じ取れる。詩集タイトルの「希望の詩魂」を解釈する一つのキーワードがこの「白い文字」なのかも知れない。最終の四連目を引用する。

白い紙に書かれた白い文字／そこには時として／書いた者の／心が張り裂けそうな深い悲しみが／どうしようもない孤独感や絶望感が／誰かに聞いてもらいたい切ない思いが／綿々と綴られている／それらを読み取るには／読み取ろうという強い意志や／共感力が必要となる／果たして／現代人は／白い紙に書かれた他者の／『白い文字』を／読み取れるだろうか

風守氏は「白い言葉」を通して「心が張り裂けそうな深い悲しみが／どうしようもない孤独感や絶望感が／誰かに聞いてもらいたい切ない思い」をいかに読み取ることが可能かと問う。それには他者を理解しようとする「強い意志」や「共感力」が必要だと考える。風守氏の詩には、そのような根源的な問いを発した学友と、学校の点数化する決まり事を破った生徒に怒った教師との間に引き起こされた、異化された教室風景を問い続ける風守氏の「強い意志」や「共感力」が表現されている。

I章「白い文字」十一篇は、実存主義的な問いを発して、生きる上での内面の格闘を根源的に問うている詩群だ。

詩「私はいるのか」では、「私はなぜ産まれたのか／私は生きる価値はあるのか／私はこの世界にいなくていいのではないか」との問いを発して、この世界から立ち去ろうとするが、「蝶はこの世界に私をつなぎ止める」と、一匹の蝶とのつながりによって生の世界に留まらせる。

詩「カウントダウン」では、「明日はあるのか踏みしめる大地はあるのか／前は霧に包まれてよく見えない／でも歩くしかない　最後の審判が下るまで　歩くしかない」と、この大地が永遠に存在するわけではないと不確実性を知り、それでも「歩く」しかないと達観する。

詩「砂時計」では、「砂時計をひっくり返して／人生を再スタートさせることはできない」のだから、「砂粒の一つ一つが愛おしく／光を放つ」瞬間を大切に生きようと願う。

詩「コトバ」では、『コトバハココロ／ココロハコトバ／／「ありがとう」／この世で一番の感謝の言葉は／相手に自分の心が伝わる／至高の贈り物』と、心と言葉が本来的には一致するように願う。そのためには「ありがとう」という言葉は「至高の贈り物」であり、「不思議な言葉」であると強調する。

詩「わたし一人だけ」では、「立ち上がろうとする／両膝ががくがくする／それでも立ち上がる／なんとか立ち上がる／／やっと立ち上がれた時／わたしはわたしに戻れた／両手は血だらけだが」と、暗い夜道で視界が九十度回転するほど身体を強打しても、立ち上がり、再び私に戻るさまを記す。

詩「孤独考」では、「夜中にひとりで聞く虫の音／不思議と寂しくはない／ただただ／自分が自然のいや宇宙の一部として／宇宙とつながっているのを感じる／／ひとりであっても／ひとりではない／それが真の孤独」と言うように、「真の孤独」になることが「宇宙とつながる」入口になると考えている。

詩「真夜中の思考」では、「未来が分からないからいいのさ／という者もいるが／それは呑気すぎるのではないか／もし予兆をつかめたら／災いを避けることができるはずだ」と、「予兆」の可能性に真夜中に思い悩む様子を記す。

詩「ノン　ユークリディアン　ラブ（非ユークリッド的恋愛）」では、「わたしはあなたと出会えるように時空を曲げたが／あなたの世界線と交わるのはわたしの世界線だけではなかった／あの者の世界線もあなたと交わっていたのだ」と、自分の都合で時空を曲げても同じような他者がいて、「あなたの世界線」に優先的に交わることは出来ないのだろう。

詩「確率的人生」では、「量子力学の教えるところでは／電子などの素粒子は／その位置が波動関数により／確率的に表現される／私達の体を構成する物質の深奥においても／事象は同様に確率的であり／私達の人生自体も確率的である」と量子力学を応用し、「確率的であるからこそ／人生は夢があって／楽しくもある／決まった人生ほど／つまらないものはない」と「人生のサイコロ」を振ることを楽しもうと風守氏の世界観を語る。

詩「明日を信じて」では、『「あなたには不幸なことばかり続くけど、なぜ平気なんだい？」／男は笑って答えました／「全然平気じゃあないよ。俺はその度に落ち込んでる。ただね、／信じているのさ明日こそいいことがあるってことを』と、「明日を信じて」いることこそが人を楽天的に生きさせると言う。

2

Ⅱ章「ブラウンプラネット」十一篇は、宇宙の亡くなった父や星たちの視点から問われてくる存在論的な詩篇だ。その章タイトルの意味の「茶色の惑星」とは、人類の地球環境の開発という破壊が続けば、「青い惑星」が「茶色の惑星」になってしまう事実から推測される「予兆」を突き付けているのだろう。そんな地球の痛みを風守氏は感受して名付けたのだろう。

詩「ブラウンプラネット」の初めの三連と最終行を引用する。

宇宙から眺めるその星は／年ごとに緑色の森林が少なくなり／年ごとに茶色の荒地が多くなる／／宇宙から眺めるその星は／年ごとに氷河が減少し／年ごとに水位が上昇している／／宇宙から眺めるその星は／年ごとに人が自然を虐《しいた》げ／年ごとに人が機械に従属していく／／宇宙から眺めるその星は／年ごとに人々の笑顔が消え／年ごとに人々の嘆きが多くなる／（略）／

我々はそんな星に生きている／我々の住処はその星しかないんだ／我々が自覚し変われば／この星と我々自身を／きっと救える／きっと

風守氏は、例えば温暖化などの地球環境の破滅的な情況の中でも、「我々が自覚し変われば／この星と我々自身を／きっと救える」と「希望」を捨てることはない。その他の宇宙からの眼差しの詩篇は、大量破壊兵器を進化させていく愚かさや地球を食い潰す消費文化を転換しながら、掛け替えのない地球環境を持続して、近未来の人類の在り様を模索しているのだろう。

Ⅲ章「幻想ラジオ」十二篇は、空襲の歴史、現代社会の問題点、地域文化、多様な生き物たち、森の自然な在り方などから問われる詩篇群だ。

初めの詩「廃墟に立つ少女」は空襲で防空壕から姉の骸を掘り出す少女の悲劇を記した詩だ。その少女が夏の青空を見つめ涙を流すことから戦後が始まることを記している。その次の詩「リアルブレイクスルー」は、岡本太郎の壁画の衝撃と対話している詩であり、冒頭の二連と最後の三連を引用したい。

岡山駅構内にあった岡本太郎の壁画『躍進』／夜が更けたその場所で／一人たたずみ壁画に見入る／／赤や青、黄色の原色が伸びやかに生命感溢れて跳躍し／観ている私を圧倒する／／太郎の精神は時代を超越し／現在の私達に熱く語りかけてくる／「お前たちは時代と本気で闘っているのか」

（略）

我々が／考え導き出すしかない／考えて／考えて／考え抜いた時に／明日の道が見えてくる／
／考えて／行動に移さなければ／この混沌からは抜け出せない／／太郎の壁画は／我々がこの
時代と真に向き合い／闘っていくことの必要性を訴え続ける

東京・渋谷駅の渋谷マークシティの連絡通路に飾られている岡本太郎の壁画『明日の神話』は、「原爆が炸裂する悲劇の瞬間」を描いたと言われていて、眺めていると不思議な感動や勇気を与えられる。同じように風守氏は岡山駅にあった太郎の壁画『躍進』から「お前たちは時代と本気で闘っているのか」という、激烈で感動的な言葉を感じ取っているのだろう。太郎は山陽新幹線の開通を記念して地元の山陽放送から壁画を依頼された。私はたぶん岡山空襲の悲劇も踏まえて、そこから立ち上がってきた人びとの「躍進」を願ってこの壁画を描いたのだろうと推測している。太郎の壁画の迫力の背後から、その地域の歴史を直視し、徹底的に考えて実行するしか「明日の道が見えてくる」ことはないと、風守氏は太郎の壁画から学んでいるのだろう。因みに壁画『躍進』は岡山駅の改修工事に伴い、現在はＲＳＫ山陽放送ビルの玄関口に移設されて今も多くの人びとに親しまれている。

Ⅳ章「知らない罪」十一篇は格差、差別、多様性などの社会的課題に問い掛ける詩篇群だ。風守氏の詩篇には必ず、Ⅰ章の「白い文字」という目に見えないが私たちの深層に確かに存在しながら、未来を創り出す言葉が宿されている。そのような困難な課題を抱えながら詩作するのが風守氏の新たな試みなのだろう。最後に詩「知らない罪」の最後の三連を引用したい。

沖縄も／アイヌも／その問題の根底にあるのは／歴史や現状に関し／多くの人々の認識や理解
が／不十分であること／／先日／性的マイノリティの人権に関する講演会に行った／自分がい
かに同性愛などに対して／誤った考えや偏見を持っていたかを／思い知らされた／／情報が溢
れる現代／でも本当に重要な情報は／与えられない／自分で情報を得ようとしなければ／何も
得られない／知らないことや／知ろうとしないことが／免罪符である時代は／過ぎ去った

風守氏の『希望の詩魂』とは、この世界の過去・現在の多様な問題点を自ら考えようとする詩作的言語の試みであり、「知らない罪」を克服し他者と共に未来を創り出そうとする努力が希望なのであろう。異なる他者の中にも自ら同じような本質的で想像力に満ちた「白い文字」が存在することに気付き、それを共有するために詩作が続けられている。そんな本来的な対話を促す「白い文字」の試みを読み取って欲しい。

あとがき

本書は、文芸誌「コールサック」に掲載された作品から四十五篇を選び一冊にまとめたものです。

詩は以前から時々書いており、詩のコンクール等へ応募しておりました。没になることが多いですが、たまに入選することもありました。

何をやっても不器用な私ですが、詩だけは創作していると楽しく嫌なことも忘れて没頭できます。

詩の創作は神が私に与えてくれた才能かもしれず、自分に合っている気がします。

私は詩とはそれを創作する詩人の「魂の発露」だと思っております。

現代世界において、個人的には、病や孤独、肉親との死別などがあり、また社会的には、差別や貧困、偏見、誹謗中傷、ハラスメントなどがあり、国際的には、戦争や紛争、飢餓や貧困、気候変動などがあります。

激動する今の時代において、私たちは気が休まる時がなく、不安感や絶望感を持ちがちです。

私はそういう心を乱すものについて詩を創作することで自分や読者に希望の灯をかかげよう

と思っております。

一詩人の小さな希望の灯が多くの人々の心にも灯って、より大きな希望の灯となってくれれば幸いです。

最後に、出版をお勧めいただき編集をされ解説文も執筆頂いたコールサック社代表鈴木比佐雄氏をはじめ、スタッフの皆様に心から感謝を申し上げます。

二〇二四年八月　　　　　　　　　　　　　　風　守

著者略歴

風　守（かぜ　まもる）

1959年　山口県生まれ
「コールサック（石炭袋）」所属。

［著書］
2024年　詩集『希望の詩魂』（コールサック社刊）

［共同執筆］
2016年　『少年少女に希望を届ける詩集』（コールサック社刊）
　　　　『非戦を貫く三〇〇人詩集』（コールサック社刊）
2019年　『東北詩歌集――西行・芭蕉・賢治から現在まで』（コールサック社刊）
2023年　『多様性が育む地域文化詩歌集
　　　　――異質なものとの関係を豊かに言語化する』（コールサック社刊）
2024年　『広島・長崎・沖縄からの永遠平和詩歌集　――報復の連鎖
　　　　からカントの「永遠平和」、賢治の「ほんとうの幸福」へ』
　　　　（コールサック社刊）

現住所　〒703-8282 岡山県岡山市中区平井 3-1015-41
　　　　別府慶二方

Email : kbeppu@okym.enjoy.ne.jp

石炭袋

詩集　希望の詩魂

2024年10月23日初版発行
著者　　　　　　風守
編集・発行者　鈴木比佐雄
発行所　株式会社 コールサック社
〒173-0004　東京都板橋区板橋2-63-4-209
電話 03-5944-3258　FAX 03-5944-3238
suzuki@coal-sack.com　http://www.coal-sack.com
郵便振替　00180-4-741802
印刷管理　株式会社 コールサック社　制作部

＊装幀　松本菜央

落丁本・乱丁本はお取り替えいたします。
ISBN978-4-86435-631-2　C0092　￥1700E